HÉSIODE ÉDITIONS

ARTHUR CONAN DOYLE

Le Document volé

Hésiode éditions

© Hésiode éditions.

1 rue Honoré - 93500 Pantin.
ISBN 978-2-38512-172-3
Dépôt légal : Janvier 2023

Impression Books on Demand GmbH

In de Tarpen 42
22848 Norderstedt, Allemagne

Le Document volé

Le mois de juillet qui suivit mon mariage fut marqué pour moi par trois affaires graves dans lesquelles j'eus le privilège de collaborer avec Sherlock Holmes et de pouvoir étudier ses méthodes. La première de ces affaires devra être encore pendant des années tenue secrète, tant à cause de son importance qu'à cause des grandes familles qui y ont été mêlées. Et, cependant, jamais Holmes n'avait aussi clairement fait ressortir la valeur de ses procédés d'analyse, ni aussi profondément impressionné les personnes qui lui furent associées. J'ai encore le compte rendu presque complet de l'entretien dans lequel il démontra l'évidence des faits à MM. Dubuque, de la police parisienne, et Fritz von Waldbaum, le spécialiste bien connu de Dantzig, lesquels avaient tous deux épuisé leur énergie en des démarches parfaitement inutiles. Mais le xxe siècle sera à son déclin avant que l'histoire puisse être publiée sans inconvénient.

En attendant, je passe à l'affaire qui se trouve avoir le numéro deux dans mes notes. Elle semblait, au début, se rattacher aux intérêts généraux du pays, et elle s'est compliquée d'incidents qui lui donnent un caractère absolument unique.

Au cours de mes études, j'avais été intimement lié avec un jeune homme, du nom de Percy Phelps, qui était à peu près de mon âge, bien qu'il eût sur moi l'avance de deux classes. C'était un très brillant élève ; il remportait tous les prix, et finalement il obtint une bourse qui lui permit d'aller poursuivre à Cambridge sa carrière triomphale. Il était, je me le rappelle, extrêmement bien apparenté et, quoique nous ne fussions que des enfants, nous savions tous que sa mère était la sœur de lord Holdhurst, le grand politicien conservateur. Cette alliance ne lui avait guère servi à la pension ; car, entre camarades, il semblait au contraire qu'il y eût quelque chose de piquant à le taquiner, en récréation, et à lui lancer la balle dans les jambes quand on jouait au cricket. Ce fut bien différent lorsqu'il entra dans le monde. J'appris que son mérite, joint à l'influence dont il disposait, lui avait valu au Foreign Office une bonne situation ; mais je l'oubliai bientôt jusqu'au jour où la lettre suivante me rappela son existence :

« Briarbrae, Woking.

« Mon cher Watson,

« Je ne doute pas que vous vous souveniez de « Têtard » Phelps, qui était en troisième quand vous étiez, vous, en cinquième. Il est possible aussi que vous ayez su comment, grâce au crédit de mon oncle, j'obtins un poste aux Affaires étrangères, poste de confiance et d'honneur, s'il en fût, jusqu'à l'épouvantable catastrophe qui est venue tout à coup briser ma carrière.

« Inutile d'écrire ici les détails de ce terrible événement ; mais, au cas où vous accéderiez à ma requête, je vous les conterai moi-même. Je sors à peine d'une période de neuf semaines de fièvre cérébrale, je suis extrêmement faible. Croyez-vous possible d'amener votre ami, M. Holmes, à venir me voir ? Je serais très désireux d'avoir son avis sur l'affaire qui me concerne, quoique les autorités m'affirment qu'il n'y a plus rien à tenter. Tâchez donc de me l'amener, et le plus tôt possible. Cette incertitude me tue ; les minutes sont pour moi des heures de cruel supplice.

« Dites à Holmes que, si je ne l'ai point consulté plus tôt, ce n'est pas faute d'apprécier ses talents, mais bien parce que je n'ai pas eu la tête à moi depuis que le coup m'a frappé. J'y vois clair maintenant, quoique je n'ose pas trop y penser, de peur d'une rechute. Je suis si faible encore, que, vous le voyez, j'ai dû dicter cette lettre. Encore une fois, tâchez de l'amener.

« Votre ancien camarade,
« Percy Phelps. »

Cette lettre, ces supplications touchant Holmes m'émurent à tel point que j'aurais fait l'impossible pour satisfaire mon ancien camarade ; mais, en somme, je savais que Holmes aimait trop son métier pour ne pas donner volontiers son concours à un client dans la peine ; ma femme fut, comme moi, d'avis qu'il n'y avait pas un instant à perdre et, environ une heure avant le déjeuner, je me retrouvais une fois de plus dans la maison bien connue de Baker Street.

Holmes, enveloppé dans une robe de chambre, était assis à sa table d'expériences et surveillait attentivement une analyse chimique. Une cornue bouillait à grand bruit dans la flamme bleue d'une lampe de Bunsen et les résultats de la distillation se condensaient dans un récipient de la valeur de deux litres. À peine mon ami me regarda-t-il quand j'entrai ; moi, comprenant que l'expérience devait être importante, je m'assis dans un fauteuil et j'attendis. Il trempa sa pipette de verre dans plusieurs fioles, puisant quelques gouttes de chacune, et, finalement, posa sur la table une éprouvette contenant une certaine solution. Il tenait dans sa main droite une bande de papier-tournesol.

– Vous arrivez au moment décisif, Watson, dit-il. Si ce papier reste bleu, tout va bien. S'il devient rouge, il y va de la vie d'un homme.

Il plongea son papier dans l'éprouvette, et le papier devint immédiatement d'un rouge terne et sale.

– Hum ! je le pensais bien, fit-il. Je suis à vous dans un instant, Watson. Vous trouverez du tabac dans la pantoufle persane.

Revenu à son pupitre, il griffonna plusieurs télégrammes, qu'il remit à un domestique. Puis il se laissa tomber sur un siège en face de moi, et, relevant ses genoux maigres et osseux, il les enlaça de ses mains.

– Un petit crime bien banal, fit-il. Vous m'apportez quelque chose de mieux, j'imagine. De quoi s'agit-il ?

Je lui tendis la lettre ; il la lut avec la plus vive attention.

– Elle ne nous dit pas grand'chose, hein ? remarqua-t-il en me la rendant.

– Assurément, non.

– Et, pourtant, l'écriture est intéressante.

– Mais ce n'est point la propre écriture de Phelps.

– Précisément, c'est une écriture de femme.

– Non, d'homme, m'écriai-je.

– Non, de femme ; et d'une femme d'une énergie rare. Voyez-vous, au début d'une enquête, il n'est pas indifférent de savoir que votre client est en relations étroites avec une personne qui, en bien ou en mal, a une nature exceptionnelle. Ma curiosité est déjà éveillée. Si vous êtes prêt, nous allons partir tout de suite pour Woking afin de voir et le diplomate dans l'embarras et la dame à laquelle il dicte ses lettres.

Nous fûmes assez heureux pour trouver un train en partance à la gare de Waterloo ; moins d'une heure après, nous arrivions au milieu des bois de sapins et de bruyères de Woking et, quelques instants plus tard, à Briarbrae même : c'était une grande maison isolée, se dressant au milieu de vastes propriétés, à quelques minutes de marche de la station. Ayant fait passer nos cartes, nous fûmes introduits dans un salon meublé avec élégance, où nous rejoignit bientôt un homme assez fort, qui nous accueillit avec beaucoup d'affabilité. Il paraissait avoir plutôt quarante ans que trente ; mais ses joues étaient si rouges et son regard si gai qu'il donnait encore l'impression d'un grand garçon bien nourri et fort malicieux.

– Comme je suis content que vous soyez venus ! dit-il en nous serrant les mains avec effusion. Percy nous a demandés toute la matinée. Ah ! le pauvre ami, il se cramponne au moindre fil. Son père et sa mère m'ont prié de vous recevoir, messieurs, car le seul récit des événements est trop pénible pour eux.

– Nous n'avons eu encore aucun détail, observa Holmes. Je m'aperçois que vous n'êtes pas vous-même de la famille…

Notre interlocuteur parut surpris et, baissant les yeux, il se prit à rire.

– Je vous ai cru sorcier un moment, dit-il ; mais je m'aperçois que vous avez simplement vu les initiales J. H. sur mon médaillon. Joseph Harrisson est mon nom ; et, comme Percy va épouser ma sœur Annie, je lui serai au moins allié. Vous trouverez ma sœur dans la chambre de Percy, car elle le soigne comme un enfant depuis deux mois. Peut-être vaut-il mieux que nous entrions tout de suite, car je sais combien il est impatient.

La chambre dans laquelle nous fûmes introduits, de plain-pied avec le salon, était meublée partie comme un boudoir, partie comme une chambre à coucher, avec des fleurs gracieusement arrangées dans tous les coins. Un jeune homme, très pâle, très usé, était étendu sur un sofa, près de la fenêtre ouverte par laquelle entraient des parfums exquis du jardin et l'air embaumé de l'été. Une femme se tenait assise auprès de lui ; toute rose, à notre entrée, elle demanda :

– Je me retire, Percy ?

Il lui serra la main pour la retenir et :

– Comment allez-vous, Watson, me dit-il avec cordialité. Je ne vous aurais jamais reconnu sous cette moustache ; vous ne m'auriez pas reconnu davantage, je suppose. Monsieur, je pense, est votre célèbre ami, M. Sherlock Holmes ?

Je présentai Holmes en quelques mots et nous nous assîmes tous deux. Notre introducteur nous avait quittés ; mais sa sœur était restée, la main dans celle du malade. C'était une femme qui ne pouvait pas passer inaperçue, un peu trop petite et trop épaisse peut-être, mais avec un joli teint olivâtre, des yeux à l'italienne, grands et sombres, une chevelure opulente d'un beau noir. Ses couleurs fraîches, par contraste, faisaient paraître la figure pâle de son ami d'autant plus morne et fatiguée.

– Je voudrais ne pas vous faire perdre votre temps, dit Percy Phelps, en se soulevant sur le sofa. J'entrerai donc en matière sans autre préambule.

J'étais, monsieur Holmes, un homme heureux, un homme qui réussit et, à la veille de me marier, lorsqu'un malheur soudain et terrible vint ruiner mon avenir.

J'étais, comme Watson a dû vous le dire, aux Affaires étrangères ; grâce à l'influence de mon oncle lord Holdhurst, je m'élevai rapidement à une situation exceptionnelle. Quand mon oncle devint ministre, il me donna plusieurs missions importantes ; et, comme je les conduisis toujours à bonne fin, il en vint à avoir toute confiance dans mon talent et dans mon tact.

Il y a environ dix semaines, – pour être plus précis, c'était le 23 mai, – il m'appela dans son cabinet, et après m'avoir félicité de mes succès, il m'annonça qu'il avait à me charger d'une nouvelle et grave mission. « Ceci, me dit-il, en tirant de son bureau un rouleau de papier, est l'original de ce traité secret entre l'Angleterre et l'Italie dont, j'ai regret à le dire, quelque bruit a déjà circulé dans la presse. Il est d'une importance extrême qu'il n'en puisse plus rien transpirer. Les ambassades de France et de Russie donneraient une somme considérable pour connaître le contenu de ces papiers. Ceux-ci ne quitteraient point mon tiroir, certes, n'était qu'il me faut absolument les faire copier. Vous avez un meuble qui ferme à clef dans votre bureau ?

« – Oui, monsieur.

« – Alors, prenez le traité, et mettez-le sous clef. Je vais donner des ordres pour que vous puissiez rester quand les autres seront partis, de manière à ce que vous fassiez cette copie à votre aise, sans crainte d'être surveillé. Lorsque vous aurez fini, enfermez ensemble l'original et l'expédition : vous me les remettrez à moi-même, demain matin. »

Je pris les papiers, et…

– Un instant, je vous prie, dit Holmes. Étiez-vous seuls, pendant cette conversation ?

– Absolument seuls.

– Dans une pièce très vaste ?

– Environ dix mètres de côté.

– Vous vous teniez au milieu ?

– Oui, à peu près.

– Et parlant bas ?

– Oh ! la voix de mon oncle est toujours extrêmement basse ; et, moi, je n'eus presque rien à dire.

– Je vous remercie, fit Holmes, en fermant les yeux. Veuillez poursuivre.

– Je fis exactement ce qui m'avait été indiqué. J'attendis que les autres attachés fussent partis. L'un d'eux, mon voisin, Charles Gorot, avait à terminer quelques travaux en retard ; je le laissai et sortis pour dîner ; à mon retour, il n'était plus là. Or, j'avais le souci de faire rapidement mon ouvrage, d'autant que, Joseph – M. Harrisson, que vous avez vu tout à l'heure – étant en ville et devant retourner à Woking par le train de onze heures, je désirais, si possible, repartir avec lui.

En examinant le traité, je reconnus tout de suite que mon oncle n'avait en rien exagéré son importance ; sans entrer dans les détails, je puis bien dire qu'il définissait le rôle de la Grande-Bretagne envers la Triple Alliance et qu'il esquissait la politique que ce pays aurait à suivre dans le cas où la flotte française viendrait à prendre une supériorité notoire sur la flotte italienne dans la Méditerranée. Les questions visées étaient d'ordre purement naval. Au bas, figuraient les paraphes des hauts fonctionnaires chargés de signer la convention.

Après un rapide coup d'œil, sans tarder, je me mis à ma tâche d'expéditionnaire.

C'était un document étendu, écrit en français, et comprenant vingt-six articles distincts. J'allais aussi vite que je pouvais ; mais à neuf heures je n'avais encore fait que huit articles et il me parut bien évident que je manquerais mon train. J'avais envie de dormir ; je me sentais la tête lourde : l'effet du dîner sans doute, et aussi la suite d'une longue journée de travail. Une tasse de café m'eût éclairer les idées. Sachez qu'un gardien de bureau reste toute la nuit dans une petite loge, au pied de l'escalier, et qu'il a l'habitude de faire du café sur sa lampe à esprit-de-vin pour les fonctionnaires qui peuvent avoir des travaux extraordinaires. Je sonnai donc.

« Ce fut, à mon grand étonnement, une femme qui répondit à mon appel, une femme grosse, commune, déjà âgée, avec un tablier. Elle expliqua qu'elle était la femme du gardien, que c'était elle qui faisait le ménage ; je lui donnai l'ordre de m'apporter du café.

« Je transcrivis encore deux articles ; puis, me sentant de plus en plus assoupi, je me levai et fis quelques pas dans la pièce pour me dégourdir les jambes. Mon café ne venait point. Voulant savoir quelle pouvait être la cause du retard, j'ouvris la porte et j'allai jusqu'au bout du couloir étroit et faiblement éclairé, qui était, en effet, la seule issue de la pièce dans laquelle j'avais travaillé. Il se terminait par un escalier tournant qui menait en bas, à la loge du garçon donnant dans un vestibule. À mi-hauteur de cet escalier est un petit palier, avec un autre corridor venant y tomber à angle droit. Celui-ci mène, par un second petit escalier, à une porte de service ; elle sert aux domestiques, et quelquefois, comme raccourci, à des attachés qui viennent de Charles Street.

« Il y a grand intérêt à vous faire observer ceci : c'est que je descendis l'escalier et que, dans le vestibule, je trouvai le garçon endormi sur son siège, pendant que sur la lampe à esprit-de-vin l'eau bouillait à soulever le couvercle du récipient. J'avais allongé le bras et j'allais secouer mon homme, qui dormait encore profondément quand une sonnette, au-dessus de sa tête, retentit bruyamment, et il s'éveilla en sursaut.

« – Monsieur Phelps ! dit-il en me regardant avec ahurissement.

« – Oui, je suis descendu voir si mon café était prêt.

« – J'étais, monsieur, en train de faire bouillir l'eau, quand je me suis endormi. »

Il me regarda ; puis, fixant la sonnette qui vibrait encore, ses yeux prirent une expression d'étonnement croissant.

« – Mais, si vous étiez ici, monsieur, qui donc a sonné ? demanda-t-il.

« – La sonnette ! Quelle sonnette est-ce ?

« – C'est la sonnette du cabinet dans lequel vous travailliez. »

Je restai figé sur place. Quelqu'un, alors, se trouvait donc dans cette pièce, sur la table de laquelle s'étalait mon précieux traité ! Comme un fou j'escaladai les marches, je franchis le corridor : personne dans le corridor, monsieur Holmes, personne dans la pièce ! Tout était exactement comme je l'avais laissé, si ce n'est que les papiers confiés à mes soins avaient été enlevés du pupitre sur lequel ils se trouvaient. La copie était là, l'original avait disparu.

Holmes se redressa dans son fauteuil et se frotta les mains. Je vis que le problème était de son goût.

– Et, alors, qu'avez-vous fait ? murmura-t-il.

– Je compris en une seconde que le voleur devait être venu par l'escalier communiquant avec la porte de service. S'il était entré par l'autre côté, je n'aurais pas manqué de le rencontrer.

– Êtes-vous bien sûr qu'il n'aurait pas pu rester caché un certain temps dans la pièce, ou dans ce corridor que vous avez précisément dit être assez obscur ?

– C'est tout à fait impossible. Une souris ne pourrait se dissimuler ni dans la pièce, ni dans le corridor ; il n'y a pas le moindre abri.

– Je vous remercie. Veuillez continuer.

– Le garçon de bureau, voyant, à ma pâleur soudaine, qu'il s'agissait d'une chose grave, m'avait suivi en haut. En un clin d'œil, nous nous précipitâmes dans le corridor et nous descendîmes en courant les marches qui conduisaient à Charles Street. Au bas, la porte était close, mais non fermée à clef ; nous l'ouvrîmes vivement et nous nous élançâmes dehors. Je me rappelle très nettement qu'à ce moment-là trois coups sonnèrent à l'horloge d'une église voisine : il était dix heures moins un quart.

– Ceci a une très grande importance, fit Holmes en prenant une note sur sa manchette.

– La nuit était très noire, il tombait une pluie fine et chaude. Il n'y avait personne dans Charles Street ; mais au bout dans Whitehall, la circulation était très active, comme à l'ordinaire. Nous courûmes le long du trottoir, tête nue, comme nous étions, et au coin opposé nous trouvâmes un policeman en faction.

« – Un vol vient d'être commis, m'écriai-je, haletant. Un document d'un prix immense a été dérobé au ministère des Affaires étrangères. Quelqu'un a-t-il passé par ici ?

« – Je suis là depuis un quart d'heure, monsieur ; une seule personne a passé pendant ce temps, une femme, grande, d'un certain âge, avec un châle de cachemire.

« – Oh ! ce n'est que ma femme, s'écria mon garçon de bureau. N'est-il passé aucune autre personne ?

« – Non.

« – Il faut alors que le voleur ait suivi l'autre direction. Et il me tirait par la manche.

Mais je n'étais pas convaincu, et les efforts qu'il faisait pour m'emmener accroissaient mes soupçons.

« – Quelle route cette femme a-t-elle suivie ? demandai-je.

« – Je n'en sais rien, monsieur. Je l'ai vue passer ; mais je n'avais pas de raison particulière de la surveiller. Elle semblait être pressée.

« – Combien y a-t-il de temps ?

« – Oh ! quelques minutes seulement.

« – Moins de cinq minutes.

« – Non ; mais il ne doit pas y avoir plus de cinq minutes.

« – Vous ne faites que perdre votre temps, monsieur, répéta le garçon, et chaque minute pour nous est précieuse. Croyez-en ma parole : ma vieille femme n'a rien à voir là-dedans. Descendons à l'autre bout de la rue. Si vous n'y allez point, j'y vais, moi. »

Et il s'éloigna en courant dans l'autre sens. Mais je fus sur ses talons en un instant, et, le prenant à mon tour par la manche :

« – Où demeurez-vous ?

« – N°16, Ivy Lane, Brixton, répondit-il. Mais ne vous laissez pas égarer sur une fausse piste, monsieur Phelps. Venez à l'autre bout de la rue, nous trouverons peut-être là quelque renseignement. »

En somme, il n'y avait rien à perdre à suivre cet avis. Avec le policeman, nous courûmes ; mais ce fut pour trouver la rue pleine d'animation, beaucoup de monde allant et venant, chacun très pressé de se mettre à l'abri de la pluie. Il n'y avait pas un seul flâneur, capable de nous dire qui avait passé.

Alors nous retournâmes au bureau, non sans visiter avec soin l'escalier et le couloir, mais inutilement. Le sol du corridor conduisant à ma pièce était recouvert d'une espèce de linoléum de ton clair, où l'on eût vu facilement une empreinte ; nous l'examinâmes avec attention ; pas la moindre trace de pas.

– Avait-il plu toute la soirée ?

– Oui, depuis sept heures.

– Comment se fait-il alors que la femme qui vint dans votre cabinet vers neuf heures n'ait pas laissé la trace de ses chaussures mouillées ?

– Je suis heureux que vous souleviez cette question qui me vint, en effet, à l'esprit au moment même ; mais sachez que les femmes de ménage ont l'habitude d'ôter leurs souliers dans la loge du gardien et de mettre des chaussons de lisière.

– C'est vrai. Aussi, bien que la soirée eût été pluvieuse, il n'y avait pas de traces. L'enchaînement de toutes ces circonstances est assurément d'un intérêt extraordinaire. Que fîtes-vous alors ?

– Nous examinâmes aussi la pièce. Il ne pouvait pas y avoir de porte secrète. Quant aux fenêtres, elles sont à dix mètres au-dessus du sol, et toutes deux étaient fermées en dedans. Le tapis qui recouvre le plancher rend tout soupçon de trappe impossible ; et le plafond, comme toujours, est blanchi à la chaux. Quel que puisse être l'individu qui a volé mes papiers, je parierais sur ma tête qu'il n'a pu entrer par la porte.

– Et quant à la cheminée ?...

– On ne s'en sert point ; il y a un poêle. Le cordon de sonnette pend juste à droite de mon pupitre ; celui qui l'a tiré a dû venir là tout droit. Mais pourquoi ce singulier voleur a-t-il tiré la sonnette ? Mystère !

– Oui, la chose est extraordinaire. Quelles furent vos premières démarches ? Vous avez, j'imagine, inspecté la pièce pour voir si l'intrus n'y aurait pas laissé quelque chose, un bout de cigare, un gant oublié, une épingle à cheveux, un objet quelconque ?

– Rien de semblable.

– Pas d'odeur ?

– Ah ! nous n'avons pas pensé à cela.

– Eh ! une odeur de tabac aurait eu pour nous une grosse importance, dans une enquête de ce genre.

– Je ne fume pas moi-même, et je pense que, s'il y avait eu une odeur de tabac, je l'aurais remarquée. Il n'y avait absolument aucun indice qui pût nous mettre sur la voie. Le seul fait incontestable était que la femme du gardien, Mme Tangey, avait quitté précipitamment la place. Le mari, ne pouvant donner aucune explication à ce sujet, se bornait à dire que c'était à peu près l'heure à laquelle sa femme rentre toujours chez elle. Le policeman et moi, nous fûmes d'avis que le mieux serait de s'emparer de cette femme avant qu'elle pût se défaire de ses papiers, à supposer qu'elle les eût.

L'alarme avait été donnée à Scotland Yard. M. Forbes, le détective, arriva tout de suite et prit l'affaire en mains, avec une grande énergie. Nous prîmes un hansom et, une demi-heure après, nous étions à l'adresse qui nous avait été indiquée. Une jeune femme ouvrit la porte, c'était la fille aînée de Mme Tangey. Sa mère n'était pas encore rentrée ; nous fûmes introduits, pour l'attendre, dans la chambre principale.

Environ dix minutes plus tard, on frappa un coup à la porte. Là, nous fîmes la seule faute sérieuse que j'aie à me reprocher. Au lieu d'ouvrir nous-mêmes, nous laissâmes faire la jeune fille ; mais le son de sa voix nous parvint distinctement :

« Mère, dit-elle, il y a là deux messieurs qui vous attendent. » Aussitôt nous entendîmes le bruit de pas précipités dans le couloir. Forbes ouvrit brusquement notre porte et tous les deux nous courûmes dans la pièce de derrière, qui était la cuisine. Mais la femme nous y avait devancés. Elle nous regarda en face, d'un air de défi ; puis, me reconnaissant tout à coup, elle prit une expression de profond étonnement.

– Mais n'est-ce point M. Phelps, du ministère ?

– Allons, allons, qui pensiez-vous que nous étions lorsque vous fuyiez devant nous en courant ? demanda mon compagnon.

– Je vous avais pris pour des huissiers. Nous avons eu quelques difficultés avec un fournisseur.

– Ce n'est pas suffisant, répliqua Forbes ; nous avons des raisons de croire que vous avez pris un papier important au ministère des Affaires étrangères et que vous êtes rentrée en courant pour en disposer. Vous allez venir avec nous à Scotland Yard pour que l'on vous fouille.

Ce fut en vain qu'elle protesta, qu'elle se défendit. Une voiture fut amenée, et nous partîmes tous les trois. Nous avions préalablement passé l'inspection de la cuisine pour voir si cette femme ne s'était pas défait des papiers pendant le moment où elle avait été seule ; mais il n'y avait ni cendres ni fragments de papier nulle part.

À notre arrivée à Scotland Yard, Mme Tangey fut aussitôt remise à une femme chargée de la visite. Je me sentais dans une inquiétude mortelle quand l'inspectrice revint avec son rapport : elle n'avait pas trouvé trace de nos papiers.

Alors, pour la première fois, je ressentis dans toute sa force l'horreur de ma situation. Jusque-là, j'avais eu à agir, et l'action avait engourdi ma pensée. J'étais si sûr de retrouver tout de suite le traité, que je n'avais pas osé m'arrêter aux conséquences d'un insuccès possible. Mais maintenant il n'y avait plus rien à tenter ; je pouvais rentrer en moi-même et me rendre compte de ma position. Elle était épouvantable. Watson peut vous dire à quel point jadis au collège j'étais déjà un garçon nerveux, susceptible, sensible à l'excès : question de tempérament. Je songeais à mon oncle, à ses collègues du Cabinet, à la honte que j'avais jetée sur lui, comme sur moi, comme sur tous ceux avec qui j'étais apparenté. Comment alléguer que j'étais victime d'un accident extraordinaire ? Il n'y a point d'excuse pour les accidents, lorsque des intérêts diplomatiques sont en jeu. J'étais perdu, honteusement perdu, sans espoir.

Je ne sais ce que je fis : je dois avoir eu un accès de fureur ; j'ai seulement le souvenir confus d'un groupe de fonctionnaires qui se pressaient autour de moi, s'efforçant de me calmer. L'un d'eux m'accompagna jusqu'à la station de Waterloo et me mit dans le train de Woking. Il eût peut-être fait toute la route avec moi si le docteur Perrier, mon voisin, ne se fût justement trouvé là pour prendre le même train. Le docteur, avec beaucoup de bonté, se chargea de moi ; et ce fut très heureux, car dans la gare de Woking, j'eus une attaque et, avant d'arriver à la maison, j'étais bel et bien fou furieux.

Vous pouvez imaginer ce qui se passa ici lorsque tous furent réveillés en sursaut par les appels du médecin et qu'ils me trouvèrent dans cet état. Cette pauvre Annie et ma mère eurent le cœur brisé. Le docteur Ferrier en avait appris assez du détective, à la station, pour pouvoir donner une idée de ce qui était arrivé ; son récit n'avait rien de consolant. Il était évident pour tout le monde que j'en avais pour longtemps d'être malade. Aussi Joseph fut-il expulsé de cette jolie chambre, qui fut transformée pour moi en infirmerie. C'est ici, monsieur Holmes, que je suis resté étendu pendant plus de neuf semaines, sans connaissance, délirant, le cerveau en fièvre. Sans miss Harrisson que voici, sans les soins du docteur, je ne vous parlerais pas en ce moment. C'est elle qui m'a soigné le jour ; une garde, après elle, me surveillait pendant la nuit ; car, dans mes accès de folie, j'étais capable de tout.

Lentement ma raison s'est éclaircie ; mais ce n'est que ces trois derniers jours que la mémoire m'est tout à fait revenue. Par moment, d'ailleurs, je suis fâché qu'elle me revienne.

Mon premier soin a été de télégraphier à M. Forbes, qui avait dirigé l'enquête. Il est venu et m'a affirmé que, malgré tous ses efforts, on n'avait pu découvrir aucune piste. Le garçon de bureau et sa femme ont été questionnés de toutes les façons sans que la lumière ait pu être faite. Les soupçons de la police se sont portés alors sur le jeune Gorot qui, vous vous le rappelez, sans doute, était ce soir-là demeuré après l'heure dans le bureau. Mais il n'y avait en réalité que deux choses contre lui : son nom français et le fait d'être resté en arrière. Or, je n'avais point commencé mon travail avant son départ ; et, d'un autre côté, les siens, pour être d'origine huguenote, n'en sont pas moins aussi Anglais de cœur et de caractère que vous et moi. On n'a rien trouvé qui permît de l'inculper en aucune mesure et l'affaire a été classée.

J'ai recours à vous, monsieur Holmes. Vous êtes ma dernière espérance. Si vous m'abandonnez, mon honneur, aussi bien que ma position, sont à jamais perdus...

Le malade se laissa retomber sur ses coussins, épuisé par ce long récit, tandis que sa garde lui versait un verre de quelque drogue réconfortante.

Holmes s'assit en silence, la tête rejetée en arrière et les yeux fermés. Son attitude pouvait paraître nonchalante à un étranger ; mais, pour moi, elle dénotait un effort intense de réflexion.

– Votre compte rendu a été si complet, dit-il enfin, que vous m'avez laissé peu de questions à vous poser. Il en est une, cependant, qui a la plus grande importance. Avez-vous dit à qui que ce soit que vous aviez cette tâche à remplir ?

– À personne.

– Pas même à miss Harrisson, par exemple ?

– Non. Je n'étais d'ailleurs pas revenu à Woking entre l'ordre donné et l'exécution de cet ordre.

– Et aucun des vôtres n'était par hasard allé vous voir ?

– Aucun.

– Quelques-uns d'entre eux connaissaient-ils le chemin qui conduit à votre cabinet ?

– Oh ! oui, tous ont eu l'occasion d'y venir.

– Pourtant, voyons, si vous n'avez rien dit à personne au sujet de ce traité, l'enquête manque de base !

– Je n'ai rien dit.

– Savez-vous quelque chose de votre homme de garde ?

– Rien, sinon que c'est un ancien soldat.

– Quel régiment ?

– Oh ! on me l'a dit… Les Cold stream Guards.

– Merci. Je ne doute pas d'obtenir de Forbes des détails. Les autorités officielles, pour ne pas savoir tirer parti des faits, n'en sont pas moins excellentes pour les réunir… Que la rose est donc une fleur ravissante !

Il passa de l'autre côté du canapé et s'avançant vers la fenêtre ouverte, il redressa la tige penchée d'une rose mousseuse, en s'extasiant sur le délicieux contraste du rouge et du vert. Il y avait là, pour moi, une particularité toute nouvelle de son caractère ; car, jamais auparavant, je ne l'avais vu témoigner d'un intérêt véritable pour les choses de la nature.

– Les fleurs me semblent être la raison de notre croyance intime en la bonté de la Providence, dit-il, le dos appuyé contre le volet. Nos facultés, nos désirs, notre nourriture, tout cela est réellement nécessaire à notre existence, tandis que la rose, c'est le superflu. Son parfum, sa couleur est le charme et non la condition de la vie. Il n'y a que la bonté qui donne le superflu et c'est pourquoi je répète que les fleurs prouvent la magnificence du Créateur.

Percy Phelps et son amie regardaient Holmes pendant ce discours ; la surprise et la désillusion se lisaient sur leurs figures. Lui restait plongé dans sa rêverie, la rose mousseuse entre les doigts.

Quelques minutes se passèrent ainsi ; puis la jeune fille rompit le silence :

– Voyez-vous, monsieur Holmes, un moyen quelconque de percer le mystère ? demanda-t-elle avec une nuance d'âpreté dans la voix.

– Oh ! le mystère !... reprit-il, comme s'il revenait brusquement aux réalités de la vie. Il serait absurde de nier que l'affaire est très obscure et très compliquée ; mais, je vous promets que je vais l'étudier et je vous ferai connaître les points qui m'auront frappé.

– Distinguez-vous une piste ?

– Vous m'en avez fourni sept ; mais il faut évidemment que je les contrôle avant de me prononcer sur leur valeur.

– Soupçonnez-vous quelqu'un ?

– Je me soupçonne moi-même…

– Comment ?

– Oui, d'arriver trop vite à des conclusions.

– Alors, allez vite à Londres les vérifier.

– Votre conseil est excellent, mademoiselle, dit Holmes en se levant. Je crois, en effet, Watson, que nous n'avons rien de mieux à faire. Mais monsieur Phelps, ne vous laissez pas aller à des espérances trompeuses. L'affaire est très embrouillée.

– J'aurai la fièvre jusqu'à ce que je vous aie revu, s'écria le jeune diplomate.

– Je reviendrai demain par le même train, mais il est plus que probable que mon rapport sera négatif.

– Que Dieu vous bénisse pour cette promesse de revenir. Je me sens revivre à la pensée que l'on agit. À propos, j'ai reçu une lettre de lord Holdhurst.

– Ah ! que disait-il ?

– Il a été froid, mais non pas dur. Je crois que cela tient à ma grave maladie… Il répète que l'affaire est de la plus haute importance, et il ajoute qu'aucune décision ne sera prise au sujet de mon avenir (c'est-à-dire, je pense, de ma démission), jusqu'à ce que ma santé soit rétablie, et que j'aie la possibilité de me réhabiliter.

– Bien, cela est raisonnable et prudent, dit Holmes. Venez, Watson ; nous avons devant nous, en ville, une bonne journée de travail.

M. Joseph Harrisson nous ramena à la gare et bientôt après, nous roulions dans le train de Portsmouth. Holmes, absorbé dans ses pensées, ouvrit à peine la bouche jusqu'à ce que nous eûmes dépassé l'embranchement de Clapham. Puis : « C'est une chose très curieuse que d'entrer dans Londres par l'une de ces lignes surélevées qui vous permettent, comme celle-ci, de voir au-dessous de soi les maisons. »

Je croyais à une plaisanterie ; car le spectacle était assez sordide. Mais il ne tarda pas à s'expliquer.

– Regardez ces gros pâtés de constructions isolées, se dressant au-dessus des autres toits, comme des îles de briques dans une mer couleur de plomb.

– Ce sont les écoles publiques.

– Des phares, mon garçon ; les phares de l'avenir ! Autant de capsules, contenant des centaines de petites graines brillantes, desquelles naîtra l'Angleterre plus sage et meilleure de demain… Je suppose que ce Phelps ne boit pas ?

– Je ne le crois pas.

– Ni moi ; mais nous sommes obligés de tenir compte de tout ce qui est seulement possible. Le pauvre diable est assurément engagé dans un bourbier profond et c'est une grosse question de savoir si nous pourrons jamais l'en tirer. Que pensez-vous de miss Harrisson ?

– C'est une jeune fille d'un caractère bien trempé.

– Oui ; mais une brave fille, ou je me trompe fort. Elle et son frère sont les deux seuls enfants d'un maître de forges, établi quelque part sur la route de Northumberland. Phelps lui fut fiancé lors d'un voyage, l'hiver dernier ; et elle est venue, escortée de son frère, pour être présentée à la famille. Alors s'est produite la catastrophe, et la jeune fille est restée pour soigner son amoureux, tandis que le frère, se trouvant très bien, ici, restait également. J'ai fait, vous le voyez, ma petite instruction. Aujourd'hui doit être un jour d'enquête sérieuse.

Je commençais :

– Mon métier…

– Oh ! si vous trouvez vos propres affaires plus intéressantes que les miennes… dit Holmes, avec quelque rudesse.

– J'allais dire, au contraire, que ma clientèle pourrait bien se passer de moi pendant un jour ou deux, attendu que c'est le plus mauvais moment de l'année.

– Parfait, dit-il, recouvrant sa bonne humeur. Nous allons donc suivre l'affaire ensemble. Il me semble que nous devrions commencer par voir Forbes. Il pourra probablement nous donner tous les détails dont nous avons besoin pour savoir par quel bout prendre les choses.

– Vous disiez que vous aviez une piste ?

– Oui, nous en avons plusieurs ; mais nous ne pouvons en apprécier la valeur qu'après un examen plus approfondi. Le crime le plus difficile à suivre, c'est celui qui n'a pas de but. Or, ce n'est pas le cas du nôtre. Qui est appelé à en bénéficier ? Il y a l'ambassadeur de France, il y a l'ambassadeur de Russie, il y a quiconque pourrait vendre un document à l'un ou à l'autre, et il y a lord Holdhurst.

– Lord Holdhurst !

– Sans doute. Il est des circonstances où un homme d'État peut ne pas regretter de voir un document détruit par accident.

– Mais pas un homme d'État d'une réputation aussi intacte que lord Holdhurst.

– La chose est possible, cependant, et cela suffit pour qu'elle ne soit pas à négliger. Nous irons aujourd'hui chez le noble lord et nous verrons ce qu'il a à nous dire. En attendant, j'ai déjà commencé mon enquête.

– Déjà ?

– Oui ; j'ai envoyé des dépêches, de la station de Woking, à chacun des journaux du soir de Londres. Cet avis paraîtra dans tous.

Et il me tendait une feuille, arrachée de son carnet, sur laquelle on lisait ceci, écrit au crayon :

« Dix livres sterling de récompense. – On demande le numéro du fiacre qui déposa un voyageur à la porte ou non loin de la porte du ministère des Affaires étrangères, dans Charles Street, à dix heures moins un quart le soir du 23 mai. Répondre : 221, B. Barker Street. »

– Vous êtes sûr que le voleur est venu en voiture ?

– Si non, le mal n'est pas grand. Mais si M. Phelps a raison lorsqu'il déclare qu'il n'existe aucun endroit où se cacher ni dans sa pièce ni dans les corridors, il faut bien que le voleur soit venu de l'extérieur. Si, étant venu du dehors par une nuit si pluvieuse, néanmoins, il n'a pas laissé de traces d'humidité sur le linoléum qui a été examiné quelques minutes après son passage, il est très vraisemblable qu'il est venu en voiture. Oui, je crois que nous pouvons avec assurance conclure à une voiture.

– En effet, cela paraît plausible.

– C'est l'une des pistes dont j'ai parlé. Elle peut nous conduire à quelque chose. Ensuite, il y a le coup de sonnette : c'est le côté le plus caractéristique de l'affaire. Pourquoi aurait-on tiré la sonnette ? Est-ce le voleur qui aurait agi ainsi par bravade ? Ou y avait-il avec le voleur quelqu'un qui aurait sonné pour empêcher le crime ? Ou cela ne fut-il pas un accident ? Ou fut-ce…

Holmes retomba dans les réflexions intenses et silencieuses d'où il venait de sortir ; mais il me sembla à moi, accoutumé comme je l'étais à toutes ses habitudes, que quelque nouvelle supposition venait tout à coup de surgir dans son esprit.

Il était trois heures vingt minutes lorsque nous arrivâmes à la gare. Après un lunch rapide au buffet, nous allâmes tout de suite à Scotland Yard. Holmes avait déjà télégraphié à Forbes ; nous le trouvâmes nous attendant ; c'était un petit homme à l'air rusé, au regard pénétrant, mais pas aimable du tout. Il fut positivement froid dans ses rapports avec nous, surtout quand il eut appris l'objet de notre visite.

– Ce n'est pas la première fois, monsieur Holmes, que j'entends parler de vos méthodes d'investigation, dit-il d'un ton revêche. Vous êtes assez habile pour tirer parti de tous les renseignements que la police peut mettre à votre disposition ; et puis, vous essayez de terminer les affaires vous-même et de jeter le discrédit sur les autres.

– Au contraire, répondit Holmes. Sur cinquante-trois causes que j'ai eu à instruire dernièrement, il n'en est que quatre où mon nom ait paru, et la police a eu l'honneur des quarante-neuf autres. Je ne vous reproche pas de l'ignorer, car vous êtes jeune et inexpérimenté ; mais, si vous désirez réussir dans vos nouvelles fonctions vous travaillerez avec moi, et non contre moi.

— Je vous serais très reconnaissant d'un conseil ou deux, reprit le détective changeant de ton. Je n'ai recueilli jusqu'ici aucun témoignage sur votre affaire.

— Quelles mesures avez-vous prises ?

— Tangey, le garçon de bureau, a été filé. Il a quitté la Garde avec de bonnes notes, et nous n'avons rien relevé contre lui. Toutefois, sa femme est peu recommandable. J'imagine qu'elle en sait là-dessus plus long qu'on ne croit.

— L'avez-vous filée ?

— Nous avons attaché à ses trousses, comme mouton, une de nos femmes. Mme Tangey boit et notre espionne s'est trouvée avec elle deux fois lorsqu'elle était lancée ; mais on n'a rien pu en tirer.

— Je sais qu'ils ont eu des huissiers dans la maison.

— Oui, mais ceux-ci ont été payés.

— D'où venait l'argent ?

— D'aucune source suspecte : la pension de Tangey lui était due. Il est d'ailleurs bien certain que ces gens-là ne sont pas en fonds.

— Comment a-t-elle expliqué que ce fût elle qui ait répondu quand M. Phelps a sonné pour demander son café ?

— Elle a dit que son mari était très fatigué et qu'elle avait voulu lui épargner la peine.

— Soit : cela concorderait en effet avec cette constatation qu'on l'a trouvé, peu après, endormi sur sa chaise. Il n'y a donc rien contre eux, sinon la mauvaise réputation de la femme. Lui avez-vous demandé pourquoi elle s'en allait si vite, ce soir-là ? Sa précipitation a été remarquée de l'agent de police.

– Elle était plus en retard qu'à l'ordinaire et elle était pressée de rentrer chez elle.

– Lui avez-vous fait observer que, vous et M. Phelps, partis au moins vingt minutes après elle, vous étiez à son domicile avant elle ?

– Elle explique cela par la différence de rapidité entre son omnibus et notre voiture.

– A-t-elle trouvé une excuse pour la précipitation avec laquelle elle s'est jetée dans sa cuisine en rentrant chez elle ?

– Elle affirme qu'elle y avait mis l'argent destiné à payer les huissiers.

– Elle a au moins réponse à tout. Lui avez-vous demandé si, en sortant, elle a rencontré quelqu'un, ou vu quelqu'un flâner du côté de Charles Street ?

– Elle n'a vu que le policeman.

– Bien. Vous semblez l'avoir interrogée à peu près à fond. Qu'avez-vous fait encore ?

– L'attaché, Gorot, a été filé ces neuf dernières semaines ; mais sans résultat. Nous ne pouvons rien trouver contre lui.

– Et quoi encore ?

– Nous n'avons pas autre chose qui puisse nous guider ; aucun indice d'aucun genre.

– Vous êtes-vous fait une opinion sur le coup de sonnette ?

– Ah ! je dois avouer que cela me surpasse. Il a fallu une main bien calme, quelle qu'elle fût, pour aller ainsi donner l'alarme.

– Oui, c'était une idée singulière. Je vous remercie infiniment de tout ce que vous m'avez dit. Si je puis mettre le coupable entre vos mains, vous aurez de mes nouvelles. Allons, vous venez, Watson ?

– Où allons-nous, maintenant ? demandai-je au sortir du bureau de police.

– Nous allons interroger lord Holdhurst, le ministre, et le futur Premier de l'Angleterre.

Nous fûmes assez heureux pour trouver encore lord Holdhurst dans son bureau de Downing Street. Holmes ayant fait passer sa carte, nous fûmes aussitôt introduits.

L'homme d'État nous reçut avec cette courtoisie d'ancien style qui lui est particulière et nous fit asseoir sur les sièges somptueux placés à droite et à gauche du foyer ; et là, debout entre nous deux, devant la cheminée, il représentait bien, avec son corps long et mince, sa physionomie vive et réfléchie, sa chevelure frisée déjà grisonnante, ce type peu ordinaire d'un gentilhomme véritablement plein de noblesse.

– Votre nom m'est très connu, monsieur Holmes, dit-il en souriant. Et, naturellement, je ne peux pas prétendre ignorer l'objet de votre visite. Il n'y a eu dans ces bureaux qu'un seul fait qui ait pu attirer votre attention. Pour qui agissez-vous, puis-je vous le demander ?

– Pour M. Percy Phelps, répondit Holmes.

– Ah ! mon infortuné neveu ! Vous devez comprendre que notre parenté augmente pour moi l'impossibilité de le couvrir en aucune façon. Je crains bien que l'incident n'ait un contrecoup très fâcheux sur sa carrière…

– Mais si l'on retrouve le document ?

– Ah ! évidemment, ce serait autre chose.

– Il y a une ou deux questions que je désirerais vous soumettre, lord Holdhurst.

– Je serai heureux de vous fournir tous les renseignements dont je peux disposer.

– Est-ce dans cette pièce que vous avez donné les instructions relatives à la copie du document ?

– Oui.

– Alors, il était impossible que l'on vous entendît ?

– Cela est hors de doute.

– Aviez-vous communiqué à quelqu'un votre intention de donner ce traité à copier ?

– Non.

– Vous en êtes sûr ?

– Absolument.

– Puisque vous n'en aviez jamais parlé, puisque M. Phelps n'en avait jamais parlé, puisque personne ne savait rien de l'affaire, alors la présence du voleur dans la pièce fut purement fortuite. Ce document représentait pour lui la fortune : il s'en empara.

L'homme d'État sourit.

– Ceci ne rentre pas dans mon domaine.

Holmes réfléchit un moment.

– Il est un autre point très important que je voudrais vous soumettre, ajouta-t-il. Vous redoutiez, j'imagine, que la divulgation des clauses du traité n'entraînât de graves conséquences ?

Une ombre passa sur la physionomie de l'homme d'État.

– De très graves conséquences, en effet.

– Et se sont-elles produites ?

– Pas encore.

– Si le traité était parvenu, supposons, au ministère des Affaires étrangères de France ou de Russie, vous vous attendriez à en entendre parler ?

– Oui, dit lord Holdhurst, avec une grimace, je m'y attendrais.

– Puisque neuf semaines environ se sont écoulées depuis lors et que rien n'a encore transpiré, il n'est pas interdit de supposer que, pour une raison quelconque, le traité n'y est point parvenu.

Lord Holdhurst haussa les épaules.

– Il est difficile de croire, monsieur Holmes, que le voleur n'a pris ce traité que pour le faire encadrer et l'accrocher au mur !

– Peut-être espère-t-il en avoir un prix plus élevé.

– S'il attend encore, il n'aura plus rien du tout : la convention doit, dans très peu de mois, cesser d'être secrète.

– Cela est extrêmement important, dit Holmes. Évidemment, on peut supposer que le voleur est tombé malade subitement.

– D'une fièvre cérébrale, par exemple ?… demanda l'homme d'État en regardant mon ami du coin de l'œil.

– Je ne dis pas cela, répliqua Holmes sans se troubler. Et, maintenant, lord Holdhurst, nous avons déjà trop abusé de votre temps si précieux ; nous allons vous dire adieu.

– Je souhaite, moi, plein succès à votre enquête, quel que doive être le criminel, répondit le gentilhomme, tandis qu'il nous reconduisait jusqu'à la porte, où il nous salua.

– C'est un caractère que cet homme-là, me dit Holmes lorsque nous nous retrouvâmes dans Whitehall. Mais il a de la peine à soutenir sa position. Il est loin d'être riche, il a des charges. Vous avez remarqué, n'est-ce pas ? que ses chaussures avaient été ressemelées. À présent, Watson, je ne veux pas vous détourner plus longtemps de vos occupations régulières. Je ne ferai rien de plus aujourd'hui, à moins qu'il ne m'arrive une réponse à la question du fiacre. Mais je vous serais obligé si vous veniez avec moi demain à Woking, par le train que nous avons pris tantôt.

Je le retrouvai volontiers le lendemain matin et nous allâmes ensemble à Woking. Il n'avait pas eu de réponse à sa note, rien de nouveau n'avait jeté la lumière sur notre affaire. Holmes avait, quand il le voulait, l'impassibilité extérieure du Peau-Rouge, et rien dans son attitude ne me disait s'il était content ou non de la tournure que prenait l'enquête. Sa conversation, je me le rappelle, roula sur le système anthropométrique de Bertillon, et il me dit son admiration enthousiaste pour le savant français.

Nous trouvâmes encore notre client aux soins de sa garde dévouée, mais ayant bien meilleure mine que la veille. Il se leva de sa chaise, lorsque nous entrâmes, et vint au-devant de nous sans difficulté.

– Des nouvelles ? demanda-t-il vivement.

– Mon rapport, comme je l'avais prévu, est négatif, dit Holmes. J'ai vu Forbes, j'ai vu votre oncle, et je me suis engagé dans une ou deux voies d'investigation qui peuvent conduire à quelque chose.

– Alors, vous n'avez pas perdu courage ?

– En aucune façon.

– Que je vous remercie de dire cela ! s'écria miss Harrisson. Avec du courage et de la patience, il est impossible que la vérité ne triomphe pas.

– Eh bien ! nous en avons plus à raconter que vous, dit Phelps en se remettant sur son lit de repos.

– J'espérais, en effet, que vous auriez du nouveau à nous communiquer.

– Oui, nous avons eu une aventure cette nuit, une aventure qui pourrait bien être très grave.

Sa figure devint très sérieuse comme sa voix, et son regard prit une certaine expression qui tenait de la frayeur.

– Savez-vous, reprit-il, que je commence à croire que je suis, sans m'en douter, le centre de quelque monstrueuse conspiration et que ma vie est visée aussi bien que mon honneur ?

– Oh ! fit Holmes.

– Cela paraît invraisemblable ; car je n'ai point, autant que je puisse m'en souvenir, un seul ennemi au monde. Cependant, après l'événement de la nuit dernière, il m'est impossible de douter que je n'en aie au moins un.

– Racontez-moi cela.

– Sachez donc que cette nuit était la première où je fusse sans garde dans ma chambre. Je m'étais trouvé assez bien pour m'en passer. Cependant, j'avais une veilleuse allumée. Or, vers deux heures du matin, je dormais d'un sommeil léger lorsque je fus tout à coup réveillé par un faible bruit. C'était comme le grignotement d'une souris rongeant du bois ; j'écoutai un moment avec l'idée que ce ne pouvait être, en effet, que cela. Mais le bruit se fit plus fort, et tout à coup j'entendis contre la fenêtre un bruit métallique. Je me dressai, ébahi. Il ne pouvait plus y avoir de doute sur la nature du bruit. Le premier, plus faible, avait été causé par un outil introduit dans la fente, entre les châssis et l'autre par le crochet qu'on repoussait.

Il y eut alors une pause d'environ deux minutes, comme si l'on eût attendu pour voir si le bruit m'avait réveillé. Puis j'entendis un tout petit craquement pendant que l'on ouvrait très lentement la fenêtre. Je ne pus pas me contenir plus longtemps, mes nerfs étant plus faibles qu'autrefois. Je sautai à bas du lit et je poussai brusquement les volets : un homme était embusqué auprès de la fenêtre. Je ne pus le voir que très mal, car il avait filé comme un trait. Il était enveloppé dans une espèce de manteau qui le couvrait jusqu'au menton. Je suis sûr d'une seule chose, c'est qu'il avait une arme à la main ; cela me parut être un grand couteau ; j'en vis distinctement briller la lame au moment où il se retourna pour fuir.

– Ceci est tout à fait intéressant, dit Holmes. Et qu'avez-vous fait ?

– Je l'aurais poursuivi en passant par la fenêtre ouverte, si j'avais été plus fort. Dans l'état où je me trouvais, je sonnai, je mis sur pied toute la maison. Cela prit un peu de temps, car la sonnette correspond à la cuisine, et tous les domestiques habitent en haut. Je jetai des cris, cependant, et cela fit descendre Joseph, qui réveilla les autres. Joseph et le palefrenier relevèrent des traces sur la plate-bande, en dehors de la fenêtre, mais le temps a été si sec ces jours derniers qu'ils perdirent l'espoir de suivre la piste à travers le gazon. Il y a pourtant un endroit, sur la barrière de bois qui borde la route, où l'on voit, m'a-t-on dit, des traces comme si quelqu'un, en passant par-dessus, avait entamé l'arête du barreau. Je n'ai encore rien dit à la police locale, parce que je croyais préférable d'avoir d'abord votre opinion.

Ce récit de notre client parut produire un effet extraordinaire sur Sherlock Holmes. Il se leva et se mit à arpenter la chambre, en proie à une irrésistible agitation.

– Les malheurs ne viennent jamais seuls, dit Phelps en souriant, bien qu'il fût manifeste que son aventure l'avait un peu bouleversé.

– Vous avez certainement eu votre part d'infortune, répliqua Holmes. Croyez-vous que vous puissiez faire avec moi le tour de la maison ?

– Oh ! oui, et j'aimerais à me réchauffer un peu au soleil. Joseph nous accompagnera.

– Et moi aussi, s'écria miss Harrisson.

– Malheureusement non, fit Holmes, secouant la tête. Je crois devoir vous demander, mademoiselle, de rester assise exactement où vous êtes.

La jeune fille reprit son siège d'un air ennuyé. Son frère nous avait rejoints et nous sortîmes tous les quatre ensemble. Nous fîmes le tour de la pelouse pour arriver au côté extérieur de la fenêtre du jeune diplomate. Il y avait, comme on l'avait dit, des traces de pas sur la plate-bande ; mais, par malheur, elles étaient confuses et vagues. Holmes les examina de près pendant un moment, puis se releva, en haussant les épaules.

– Je ne pense pas, dit-il, que cela puisse nous fournir une piste quelconque. Faisons le tour de la maison et voyons pourquoi cette fenêtre a été choisie plutôt qu'une autre par le voleur. J'aurais cru ces larges fenêtres du salon et de la salle à manger plus capables de le tenter.

– On les voit mieux de la route, fit observer Joseph Harrisson.

– Ah ! oui, c'est vrai. Mais il y a là une porte à laquelle il aurait pu s'attaquer. À quoi sert-elle ?

– C'est une entrée latérale pour les fournisseurs. D'ailleurs, elle est fermée à clef chaque soir.

– Aviez-vous jamais eu auparavant une alerte comme celle-ci ?

– Jamais, dit Phelps.

– Y a-t-il chez vous de la vaisselle plate ou quelque autre chose de nature à attirer les cambrioleurs ?

– Rien de bien grand prix.

Holmes se promena autour de la maison, les mains dans les poches, d'un air indifférent qui ne lui était pas habituel. Puis, s'adressant à Joseph Harrisson :

– Ne disiez-vous pas tout à l'heure avoir trouvé un endroit où le bonhomme semble avoir escaladé la barrière. Voyons donc un peu.

On nous conduisit à un endroit où le dessus de l'une des barres de bois avait été endommagé. Un petit morceau en avait même été détaché et pendait encore. Holmes l'ayant arraché, l'examina très attentivement.

– Croyez-vous que cela ait été fait la nuit dernière ? Cela paraît plus ancien, pourtant.

– Oui, peut-être.

– Il n'y a pas de traces de l'autre côté. Non, j'imagine que nous ne trouverons rien ici qui nous mette sur la voie. Retournons dans la chambre et discutons la chose.

Tandis que Percy Phelps s'avançait d'un pas très lent, s'appuyant sur le bras de son futur beau-frère, Holmes traversa rapidement avec moi la pelouse et nous arrivâmes ainsi les premiers devant la fenêtre ouverte de la chambre.

– Miss Harrisson, dit Holmes, d'un ton grave qui n'admettait pas de réplique, il faut que vous ne bougiez pas d'ici ; vous m'entendez bien ; que rien ne vous fasse manquer à ce devoir : cela est d'une importance capitale.

– Parfaitement, monsieur Holmes, si tel est votre désir, dit la jeune fille très surprise.

– Et lorsque vous irez vous coucher, fermez à clef extérieurement la porte de cette chambre et emportez la clef. Promettez-le-moi.

– Mais Percy ?

– Il va venir à Londres avec nous.

– Et moi je vais rester ici ?

– C'est pour son salut. Vous pouvez lui être utile. Allons, promettez.

Elle fit un signe d'acquiescement juste au moment où les autres arrivaient.

– Pourquoi, Annie, restez-vous donc là, à vous ennuyer ? lui cria son frère. Sortez donc, venez donc au soleil.

– Non, merci, Joseph. J'ai un léger mal de tête, et cette pièce est délicieusement fraîche et agréable.

– Quelles sont maintenant vos intentions, monsieur Holmes ? demanda notre client.

– Eh bien ! pour examiner cette affaire, secondaire, en somme, nous ne devons pas perdre de vue notre enquête principale. Il me serait très utile que vous vinssiez avec nous à Londres.

– Tout de suite ?

– Oui, aussitôt que vous le pourrez. Disons dans une heure.

– Je m'en sens la force, si je puis vraiment servir à quoi que ce soit…

– Oh ! vous serez d'un grand secours.

– Peut-être désirez-vous que j'y passe la nuit ?

– J'allais précisément vous le demander.

– Alors, si mon ami de la nuit dernière vient me rendre visite, il trouvera l'oiseau envolé !… Nous sommes tous entre vos mains, monsieur Holmes, et c'est à vous de commander. Peut-être préférez-vous que Joseph nous accompagne, ne fût-ce que pour me soigner ?

– Oh ! non ; mon ami Watson est médecin, vous savez, et il aura soin de vous. Nous luncherons ici, si vous le permettez ; puis nous partirons tous les trois ensemble pour la ville.

Il fut fait selon ses désirs ; seulement miss Harrisson, fidèle à sa promesse, refusa de quitter la chambre où Holmes l'avait consignée. Quel était le but des manœuvres de mon ami ? Je ne pouvais pas me l'expliquer, à moins qu'il ne voulût tenir la jeune femme éloignée de Phelps ; celui-ci, tout fier d'être revenu à la santé, tout heureux de la perspective d'agir, déjeuna avec nous dans la salle à manger.

Holmes nous réservait une surprise encore plus étonnante ; car, après nous avoir accompagnés à la station et nous avoir mis en wagon, il annonça tranquillement que, pour son compte, il n'avait pas l'intention de quitter Woking.

– Il y a encore un ou deux petits détails que je désirerais approfondir avant de m'en aller. Votre absence, monsieur Phelps, me servira même à certains égards. Watson, quand vous arriverez à Londres, vous m'obligerez en vous faisant conduire tout de suite avec notre ami à mon appartement de Baker Street, et en ne quittant pas votre hôte que je ne vous aie revus. Il est bien heureux que vous soyez de vieux camarades d'école, vous devez avoir beaucoup de choses à vous dire. M. Phelps peut, pour cette nuit, s'installer chez moi dans la chambre d'ami. Je vous rejoindrai demain matin à temps pour déjeuner, il y a un train qui m'amènera à huit heures à Waterloo.

– Mais, et notre enquête à Londres ? demanda Phelps avec inquiétude.

– Nous nous en occuperons demain. J'estime que, pour le moment, je serai plus utile ici.

– Vous pouvez leur dire à Briarbrae que j'espère être de retour demain soir, cria Phelps, comme le train commençait à se mettre en marche.

– Je ne compte guère retourner à Briarbrae, répliqua Holmes.

Et nous l'aperçûmes, au sortir de la gare, nous faisant gaiement signe de la main.

Phelps et moi nous n'eûmes pas d'autre sujet de conversation pendant le voyage ; mais, ni l'un ni l'autre, nous ne pûmes trouver une explication satisfaisante à cette nouvelle phase de l'affaire.

– Je suppose qu'il veut découvrir quelque indice au sujet de la tentative de vol de la nuit dernière, si, toutefois, il s'agit d'un vol. Mais, pour moi, je ne crois point que ce fût un voleur ordinaire.

– Alors, quelle est votre idée ?

– Ma parole (vous mettrez cela, si vous voulez, sur le compte de mes nerfs affaiblis), je crois qu'il y a là-dessous quelque sombre intrigue politique se poursuivant autour de moi, et que, pour une raison qui dépasse mon intellect, mon existence est visée par les conspirateurs. Cela paraît prétentieux et absurde, mais considérez les faits ! Pourquoi un voleur tenterait-il d'entrer de force, par la fenêtre, dans une chambre à coucher où il ne pouvait y avoir aucune espérance de butin ? Et pourquoi viendrait-il avec un grand couteau à la main ?

– Vous êtes sûr que ce n'était pas une pince-monseigneur ?

– Non, non, c'était bien un couteau. J'en ai vu très distinctement scintiller la lame.

– Mais pourquoi, mon Dieu, seriez-vous poursuivi avec tant d'animosité ?

– Ah ! that is the question.

– Si Holmes a la même manière de voir, cela expliquerait sa conduite, ne croyez-vous pas ? Supposons que votre idée soit exacte : s'il peut mettre la main sur l'homme qui vous a menacé la nuit dernière, il aura évidemment fait un grand pas vers la découverte de celui qui a pris le traité. Il est stupide, en effet, de présumer que vous avez deux ennemis, dont l'un vous pille, tandis que l'autre en veut à votre vie.

– M. Holmes a dit cependant qu'il ne retournerait pas à Briarbrae.

– Je le connais depuis assez longtemps déjà, dis-je ; mais je ne l'ai jamais vu faire quoi que ce soit sans raison sérieuse.

Et, là-dessus, nous changeâmes de sujet de conversation. Ce fut pour moi une journée pénible. Phelps était encore sous le coup de sa longue maladie ; en outre, ses malheurs l'avaient rendu nerveux et chagrin. En vain je m'efforçais de l'intéresser à l'Afghanistan, aux Indes, aux questions sociales, à toutes les choses qui pouvaient distraire son esprit : il revenait sans cesse à son traité perdu, s'inquiétant, cherchant à deviner, multipliant les conjectures sur ce que M. Holmes faisait, sur les mesures que lord Holdhurst était en train de prendre, sur les nouvelles que nous aurions le lendemain matin. À la fin de la journée, son agitation devint tout à fait douloureuse,

– Vous avez une confiance aveugle en Holmes ? me demanda-t-il.

– Je lui ai vu faire des tours de force.

– Mais il n'a jamais élucidé une affaire aussi ténébreuse que celle-ci ?

– Oh ! il a résolu des problèmes encore bien plus compliqués.

– Mais où il n'y avait pas d'aussi grands intérêts en jeu ?

– Je l'ignore. Cependant, ce que je puis affirmer, c'est qu'il est intervenu pour le compte de trois des Maisons régnantes de l'Europe dans des affaires de la plus haute importance.

– Vous le connaissez bien, Watson. Il est si impénétrable que je ne sais jamais au juste ce qu'il pense. Croyez-vous qu'il ait de l'espoir ? qu'il s'attende à un succès ?

– Il ne m'a rien dit.

– C'est mauvais signe.

– Au contraire ! J'ai déjà remarqué que, lorsqu'il se sent sur une fausse piste, généralement il en parle. Quand il est sur une bonne, sans avoir encore de certitude absolue, c'est alors qu'il se montre le plus silencieux. Maintenant, mon cher camarade, il ne vous servira de rien de vous énerver ainsi ; croyez-moi, allez vous reposer pour être fort demain, quoi qu'il puisse nous arriver.

Je finis par persuader à mon compagnon de suivre mon conseil, tout en prévoyant bien, d'après son état de surexcitation, qu'il n'avait pas beaucoup de chance de dormir. Il faut croire que ses dispositions étaient contagieuses, car je fus très agité moi-même, la moitié de la nuit, méditant cet étrange problème, inventant mille systèmes dont chacun était plus invraisemblable que l'autre. Pourquoi Holmes était-il demeuré à Woking ? Pourquoi avait-il demandé à miss Harrisson de rester toute la journée dans la chambre du malade ? Pourquoi avait-il mis tant de soin à ne pas dire aux gens de Briarbrae qu'il avait l'intention de rester auprès d'eux ? Je me cassai la tête jusqu'à ce que la fatigue l'emportant, je cessai de chercher le pourquoi de cette étrange aventure.

Il était sept heures lorsque je m'éveillai. Je me précipitai dans la chambre de Phelps, que je trouvai épuisé, anéanti par une nuit sans sommeil. Son premier mot fut pour me demander si Holmes était arrivé.

– Il sera là à l'heure où il a promis d'y être, répondis-je, ni avant ni après.

Et j'avais bien raison ; car il était à peine huit heures qu'un hansom s'arrêtait à la porte, et que notre ami en sortait. De la fenêtre où nous nous tenions, nous vîmes que sa main gauche était bandée et sa figure était très pâle et très sombre. Il pénétra dans la maison ; mais il lui fallut quelques minutes pour monter l'escalier.

– Il a l'air tout déconfit, s'écria Phelps.

Je fus forcé de convenir que c'était vrai.

– Après tout, dis-je, la piste est probablement ici, en ville.

Phelps poussa un gémissement.

– Je ne sais pas pourquoi, reprit-il, j'avais beaucoup espéré de son retour… Mais, certainement, sa main n'était pas bandée comme cela hier.

Que peut-il y avoir ?

– Vous n'êtes pas blessé, Holmes ? lui demandai-je dès son entrée.

– Bah ! ce n'est qu'une égratignure due à une maladresse, répondit-il en nous saluant d'un signe de tête. Votre cause, monsieur Phelps, est sûrement l'une des plus ténébreuses que j'aie jamais eues à tirer au clair.

– J'avais bien peur que vous ne la trouviez au-dessus de vos forces.

– Cela a été une bien curieuse affaire.

– Mais votre bandage dénote une aventure. Ne nous direz-vous pas ce qui est arrivé ?

– Après déjeuner, mon cher Watson : n'oubliez pas que j'ai déjà parcouru trente milles ce matin et que l'air du Surrey ouvre l'appétit. Il n'y a pas eu, n'est-ce pas ? de réponse à ma note aux cochers. Bien, au fait, nous ne pouvons pas nous attendre à réussir à tout coup.

La table était toute prête. Précisément comme j'allais sonner, Mme Hudson apparut, avec le thé et le café. Puis elle apporta les plats et nous nous mîmes à table, Holmes mourant de faim, moi curieux, et Phelps dans le plus lamentable état de dépression.

– Mme Hudson s'est montrée à la hauteur des circonstances, fit Holmes en découvrant un carry de volaille. Ses talents sont assez limités ; mais elle sait préparer un déjeuner aussi bien qu'une Écossaise, et ce n'est pas peu dire. Qu'est-ce que vous avez là, Watson ?

– Du jambon et des œufs.

– Parfait ! Qu'allez-vous prendre, monsieur Phelps ? De la volaille ?

Des œufs ? Voulez-vous vous servir vous-même ?

– Merci. Je ne mangerai pas.

– Oh ! voyons ! Essayez du plat qui est devant vous.

– Je vous remercie. Vraiment, je préfère m'abstenir.

– C'est bon, dit Holmes avec un malicieux clignement d'œil. Mais vous ne refuserez pas, du moins, de me servir.

Phelps enleva le couvercle. Au moment même il fit entendre un cri perçant ; son regard devint fixe, sa figure aussi blanche que le plat qu'il regardait. Au milieu de ce plat gisait un petit rouleau de papier gris bleu. Il sauta dessus, le dévora des yeux, puis se mit à danser comme un fou au milieu de la chambre, serrant contre son cœur le précieux document, et poussant des cris de joie. Bientôt il retomba dans un fauteuil, si faible, si épuisé par ses propres émotions, que nous dûmes, pour le préserver d'un évanouissement, lui verser du brandy dans le gosier.

– Allons, allons, lui disait Holmes avec douceur, en lui tapotant l'épaule. Le coup était trop rude pour vous ; mais Watson vous dira que je n'ai jamais su résister aux scènes dramatiques.

Phelps lui prit la main et la baisa.

– Que Dieu vous bénisse ! Vous avez sauvé mon honneur !

– Soit, mais mon honneur aussi était en jeu, vous savez, reprit Holmes. Je vous assure qu'il est tout aussi pénible pour moi d'échouer dans une affaire qu'il le serait pour vous de commettre des bévues dans l'accomplissement d'une mission.

Phelps introduisit le précieux document dans la poche la plus sûre de son habit.

– Je n'ai pas le cœur, dit-il, d'interrompre plus longtemps votre déjeuner. Et, pourtant, je meurs d'envie d'apprendre comment vous l'avez découvert et où il se trouvait !

Sherlock Holmes avala une tasse de café et se servit une ration d'œufs. Enfin, rassasié, il se leva, alluma sa pipe et s'installa commodément dans son fauteuil.

– Je vais vous dire ce que j'ai fait d'abord et ensuite pourquoi je l'ai fait.

Après vous avoir quittés, à la station, j'allai faire une délicieuse promenade à travers cet admirable pays du Surrey, jusqu'à un joli petit village qui s'appelle Ripley, où je pris mon thé dans une auberge ; j'eus la précaution de remplir ma gourde et de mettre dans ma poche un paquet de sandwiches. Je restai là jusqu'au soir ; puis je repartis pour Woking. Le soleil venait de se coucher lorsque je me trouvai sur le chemin qui longe Briarbrae.

J'attendis que la route fût déserte (elle ne doit jamais être bien fréquentée) et j'entrai, par-dessus la barrière, dans la propriété.

– La porte était certainement ouverte, s'écria Phelps.

– Oui ; mais j'ai une manière spéciale de procéder. Je choisis l'endroit où se dressent les trois sapins et, grâce à ce rideau, je m'avançai, sans le moindre danger d'être aperçu de la maison ; je me blottis au milieu des buissons et, me traînant de l'un à l'autre, – voyez plutôt l'état fâcheux de mon pantalon, – j'atteignis le massif de rhododendrons, juste en face de la fenêtre de votre chambre à coucher. Là, je m'accroupis et j'attendis les événements.

Le store n'était pas baissé dans cette chambre et je pouvais voir miss Harrisson assise auprès de la table et lisant. Il était dix heures un quart quand elle ferma son livre, tira les volets et se retira. Je l'entendis fermer la porte et j'eus même la certitude qu'elle avait tourné la clef dans la serrure.

– La clef ? interrompit Phelps.

– Oui, j'avais donné pour instructions à miss Harrisson de fermer la porte à clef à l'extérieur et d'emporter cette clef avec elle quand elle irait se coucher. Elle a exécuté chacun de mes ordres à la lettre, et certainement, sans sa collaboration, vous n'auriez point votre papier, là, dans la poche. Elle s'éloigna donc, les lumières s'éteignirent, et je restai blotti dans mon massif de rhododendrons.

La nuit était belle ; mais, néanmoins, ce fut une veillée très fatigante. J'éprouvais cette espèce d'excitation que ressent le chasseur, lorsque, sur le passage des gros animaux, il attend leur approche. Ce fut très long, presque aussi long, Watson, que le jour où, vous et moi, nous fîmes cette pause dans une chambre mortuaire, vous rappelez-vous ? Il y avait à Woking une horloge d'église qui sonnait les quarts ; plus d'une fois, j'ai cru qu'elle était arrêtée. À la fin pourtant, – il était environ deux heures, – j'entendis le bruit léger d'un verrou que l'on tire et le grincement d'une clef. Un moment encore, et la porte de service s'ouvrit : M. Joseph Harrisson apparut en plein clair de lune.

– Joseph ! s'exclama Phelps.

– Il était nu-tête, mais il avait un manteau noir jeté sur l'épaule, de manière à pouvoir se cacher la figure, à la première alerte. Il s'avança sur la pointe des pieds, dans l'ombre de la muraille, et, quand il eut atteint la fenêtre, ayant introduit péniblement dans le châssis un couteau à longue lame, il repoussa le crochet. Alors il souleva vivement le panneau, et, mettant son couteau dans la fente des volets pour enlever le barreau qui les maintenait, il parvint à les ouvrir. De ma cachette, je voyais parfaitement toute la chambre, je suivais chacun de ses mouvements. Il alluma les deux bougies qui sont sur la cheminée ; puis il se mit en devoir de retourner le coin du tapis, dans le voisinage de la porte ; il se baissa et souleva un de ces carrés de plancher que ménagent les plombiers dans le but d'atteindre facilement les branchements des conduites de gaz. Ce morceau de bois recouvrait en réalité le point de jonction du tuyau qui alimente spécialement la cuisine. De ce réduit, il tira ce petit rouleau de papier, remit la planche à sa place, arrangea de nouveau le tapis, souffla les bougies et vint tout droit tomber dans mes bras : je l'attendais en dehors de la fenêtre.

Eh bien ! il a vraiment une nature beaucoup plus vicieuse que je ne l'aurais cru, M. Joseph. Il s'est élancé sur moi avec son couteau : j'ai dû le terrasser deux fois, – ce qui m'a valu une coupure aux doigts, – avant d'en venir à bout. Il avait le regard d'un assassin, à en juger par la haine qui se lisait dans le seul œil dont il eût encore l'usage après notre lutte ; mais il était devenu raisonnable et il me livra ses papiers. Lorsque je les tins, je laissai mon homme s'en aller ; seulement j'ai télégraphié à Forbes ce matin des renseignements complets. S'il est assez prompt pour s'emparer de l'oiseau, ce sera pain bénit. Mais si, comme je le crains fort, il trouve le nid abandonné avant qu'il n'arrive, alors, tant mieux pour le gouvernement ; car j'ai idée que lord Holdhurst, d'une part, et M. Percy Phelps, de l'autre, préféreraient que l'affaire ne fût même pas portée jusqu'au tribunal de simple police.

– Mon Dieu ! s'écria Phelps, haletant. Ainsi, vous dites que, pendant ces dix longues semaines d'agonie, le document volé était dans la même chambre que moi ?

– Parfaitement !

– Et Joseph ! Joseph, un misérable et un voleur ?

– Hum ! j'ai bien peur que le caractère de Joseph ne soit beaucoup plus dissimulé et plus à redouter qu'on ne pourrait le croire d'après les apparences. Il résulte de ce que j'ai appris sur lui, ce matin, qu'il a dû faire de grosses pertes en se mêlant de spéculations et qu'il est prêt à tout risquer pour améliorer sa situation.

Égoïste et personnel comme il l'est, il n'a pas su résister à l'occasion inespérée qui se présentait, même lorsque le bonheur de sa sœur et votre réputation étaient en jeu !

Percy Phelps se renversa sur sa chaise.

– La tête me tourne, dit-il, vos paroles m'ont sidéré.

– La difficulté principale, en l'espèce, poursuivit Holmes avec sa manie habituelle de démonstration, était dans la trop grande clarté. Les éléments essentiels à la cause étaient recouverts et cachés, pour ainsi dire, par les éléments étrangers. De tous les faits qui nous étaient exposés, nous avions à dégager ceux que nous estimions être de toute première importance, puis à les coordonner, afin de reconstituer cette suite très remarquable d'événements.

J'avais déjà soupçonné Joseph, par cela même que vous aviez l'intention de rentrer chez vous avec lui cette nuit-là et qu'il était assez naturel qu'il vînt vous prendre au ministère des Affaires étrangères en passant. Lorsque je sus qu'un mystérieux visiteur avait tenté de s'introduire dans la chambre où personne, sinon Joseph, ne pouvait avoir caché quelque chose, – vous nous aviez dit, dans votre récit, comment vous aviez pris la place de Joseph, à votre arrivée avec le médecin, – tous mes soupçons se changèrent en certitude, d'autant plus que la tentative s'était produite la nuit où, pour la première fois, votre garde était absente ; cela montrait bien que l'intrus était très au courant de ce qui se passait dans la maison.

– Comme j'ai été aveugle !

– Les faits, autant que j'ai pu les démêler, se sont passés ainsi : ce Joseph Harrisson entra dans le ministère par la porte de Charles Street. Connaissant le chemin, il alla tout droit à votre bureau, à l'instant même où vous veniez d'en sortir. Ne trouvant personne, tout de suite il sonna ; et c'est à ce moment que ses yeux rencontrèrent la pièce étalée sur votre table. Il entrevit dans un éclair que le hasard avait mis sur sa route un document d'État d'une valeur considérable. En une seconde, il l'avait enfoui dans sa poche et s'était sauvé. Quelques minutes s'écoulèrent, si vous vous souvenez, avant que le gardien endormi n'appelât votre attention sur le coup de sonnette : ce fut précisément assez pour donner au voleur le temps de s'enfuir.

Il partit pour Woking par le premier train. Ayant examiné son butin, ayant reconnu sa très grande valeur, il le cacha dans ce qu'il pensait être l'endroit le plus sûr, avec l'intention de l'y reprendre dans un jour ou deux et de le porter soit à l'ambassade de France, soit partout ailleurs où il croirait pouvoir en obtenir un prix considérable. Alors se produisit votre retour inopiné. Lui, sans avertissement préalable, fut expulsé de sa chambre, et, depuis lors, il y eut toujours là au moins deux personnes pour l'empêcher de reprendre son trésor ; il y avait vraiment de quoi le rendre fou. Enfin, il crut voir une occasion ; il tenta de s'introduire furtivement ; mais il fut contrarié par votre insomnie. Vous devez vous rappeler que vous n'aviez pas bu votre potion ordinaire ce soir-là ?

– Oui, je me le rappelle.

– Je suppose qu'il avait pris ses précautions pour rendre ce breuvage efficace et qu'il comptait que vous seriez profondément endormi. Je devinai qu'il renouvellerait sa tentative dès qu'il pourrait le faire avec sécurité : votre départ lui procurait l'occasion qu'il cherchait. Je fis rester miss Harrisson toute la journée dans votre chambre, afin qu'il ne pût pas nous devancer ; puis, lui ayant donné tout lieu de croire qu'il n'y avait plus de danger, je me mis en faction comme je vous l'ai dit. Je savais déjà que les papiers étaient probablement dans la chambre ; mais je ne me souciais point d'avoir à enlever moi-même tout le parquet et de passer mon temps à les chercher. Aussi je le laissai les retirer de leur cachette et je m'épargnai de la sorte beaucoup de peine. Y a-t-il encore quelque point à vous expliquer ?

– Pourquoi, demandai-je, a-t-il essayé de pénétrer par la fenêtre, la première fois, quand il lui était facile d'entrer par la porte ?

– Pour atteindre cette porte, il aurait eu à passer devant sept chambres à coucher. D'un autre côté, il pouvait plus aisément sortir par la pelouse. Est-ce bien clair ?

– Vous ne pensez pas, demanda Phelps, qu'il eût l'intention de me tuer ? Le couteau n'était-il qu'un outil entre ses mains ?

– Peut-être, répondit Holmes, en haussant les épaules. Je ne puis affirmer qu'une chose, c'est que Joseph Harrisson est un gentleman à la discrétion duquel je ne voudrais pas du tout me confier.